Docteur ROU...

D'ALGER

Moïse et le Mont Sinaï

et le Code d'Hammourabi

Extrait de l'ouvrage

LE LIVRE DE VÉRITÉ

PARIS

LIBRAIRIE CRITIQUE, E. NOURRY

62, Rue des Écoles, 62

1911

Docteur ROUBY

D'ALGER

Moïse et le Mont Sinaï

et le Code d'Hammourabi

Extrait de l'ouvrage :

LE LIVRE DE VÉRITÉ

PARIS

LIBRAIRIE CRITIQUE, E. NOURRY

62, Rue des Ecoles, 62

1911

Moïse et le Mont Sinaï

* *

D. — Qu'ont produit les derniers travaux relatifs aux livres du Pentateuque, dont Moïse est regardé comme l'auteur, et le Saint-Esprit comme l'inspirateur ?

R. — A l'aide de ces travaux, nous allons essayer de démontrer que si Moïse a existé, son livre en tous cas ne fut pas écrit par lui, mais par des scribes juifs dont on ignore les noms, et qui vivaient selon toute probabilité à Jérusalem, après le retour de la captivité ; imbus qu'ils étaient encore des idées religieuses assyriennes, ils placèrent sous l'égide de Moïse une partie du code d'Hammourabi le prophète de Babylone.

D. — Le Pentateuque renferme-t-il quelques faits historiques dont on doive tenir compte ?

R. — L'invasion des Pasteurs ou Hycsos dans la Basse-Egypte qu'ils occupèrent pendant plusieurs siècles, puis leur défaite définitive et la prise de Péluse par les Egyptiens qui, vainqueurs, les rejetèrent en Arabie et en Syrie, sont les seuls faits vraiment historiques auxquels on peut rattacher l'exode des Israélites, bien qu'il soit raconté autrement dans la Bible. Cette déroute explique mieux les faits que le récit de Moïse, qui change la défaite en victoire et l'exil lamentable d'une nation vaincue en une marche triomphale dans un désert.

D. — De quelle façon est-il préférable d'étudier cette histoire de Moïse ?

R. — Puisque la théologie chrétienne l'admet comme réelle et non comme légendaire, et qu'elle nous ordonne de croire à son existence et à son inspiration comme vérités divines, nous n'avons plus qu'à nous incliner et à étudier la vie du prophète comme si les événements du Pentateuque s'étaient passés tels qu'ils sont racontés dans la Bible.

*
* *

D. — Quelle fut la vie de Moïse jusqu'à l'exode ?

R. — Il était né en Egypte dans la tribu de Lévi ; Amram, son père, avait pris pour épouse sa tante Jokébel qui lui avait donné deux fils, Aaron et Moïse (exode 6.20). A ce sujet, pourquoi étant donné ce grand exemple, l'Eglise chrétienne repousse-t-elle le mariage entre oncle et nièce ou tante et neveu et ne donne-t-elle son consentement au dit mariage qu'en le frappant d'un impôt ? Au moment de la naissance de Moïse, le Pharaon, qui craignait que le nombre de plus en plus croissant des Juifs formât bientôt une armée assez puissante pour balancer son autorité, avait ordonné cette chose invraisemblable de faire périr dans le Nil tous les enfants mâles des Israélites. Or, il arriva que Jokebel avait exposé sur le fleuve le petit Moïse dans son berceau un jour que la Reine était venue pour s'y baigner ; apercevant l'enfant au milieu des roseaux du Nil, la princesse, touchée de compassion, envoya ses suivantes le retirer de l'eau, puis elle le caressa pour le consoler et lui rendit sa mère pour l'allaiter ; plus tard, elle adopta Moïse et le fit élever et instruire au palais.

D. — Moïse, devenu grand, ne commit-il pas un assassinat ?

R. — Il arriva qu'un jour voyant un Egyptien maltraiter un Hébreu, et constatant qu'il n'y avait personne autour de lui, il tua l'Egyptien et le cacha dans le sable. Ce crime, dont la Bible devrait blâmer Moïse au lieu de lui en faire gloire, est une véritable leçon d'immoralité donnée au peuple, qui au contraire aurait tant besoin de leçons d'humanité. Bien plus tard, saint Paul, dans son épitre aux Hébreux (IV 54), rappelle cet acte, mais au lieu de le critiquer, il semble le glorifier lorsqu'il écrit : « C'est ainsi que Moïse devenu « grand renonça à la qualité de fils adoptif de la Reine et aux « plaisirs du palais, pour être malheureux avec le peuple de Dieu ».

D. — Que devint Moïse après son crime ?

R. — Il se sauva hors de l'Egypte, dans le pays des Madians, où le sacrificateur du Mont Sinaï, nommé Jehtro, le reçut dans sa maison et lui donna Séphora sa fille en mariage ; celle-ci enfanta deux fils, dont l'un se nommait Quersham et l'autre Eliézer ; Moïse vécut là quelque années de la vie de pasteur, menant paître derrière le désert, sur la Montagne d'Horeb, les troupeaux de son beau-père.

D. — La conduite de Moïse à l'égard de ses enfants fut-elle bonne et digne d'un prophète qui donne un code de morale à son peuple ?

R. — Il ne le paraît pas, car il parle à peine d'eux dans son livre : une première fois pour signaler leur naissance et une seconde quand il raconte la scène abominable de la circoncision. Il semble que Jethro son beau-père et Sophora sa femme n'étaient pas israélites, puisque les deux enfants nés de cette dernière n'étaient pas circoncis, au moment où Moïse retourna en Egypte. De nos jours on ne voit plus l'Eternel venir se loger soit dans un Palace-Hôtel, soit dans le cabaret du coin ; mais, dans ces temps éloignés, il n'en était pas de même et Jéhova descendit sans vergogne dans l'hôtellerie où étaient logés Moïse et sa famille. Il était en colère de la non circoncision des enfants et voulait tuer le prophète ; mais Sophora prit un couteau de pierre, coupa les deux prépuces et les jeta aux pieds de son mari, en lui disant : « Certes, tu es un « époux de sang ».

D. — Comment faut-il comprendre cet épisode sauvage et monstrueux ?

R. — Dieu, d'après les idées anciennes, préfère à tous les autres les sacrifices humains. Or ce fut un premier degré de civilisation lorsque les Hébreux supprimèrent, avant les nations voisines, les égorgements d'enfants en l'honneur de Jéhova et les remplacèrent par le précieux morceau de chair coupé selon les rites dont il voulait bien se contenter. Le second degré de civilisation consistera à abolir d'une façon complète et définitive cette circoncision qui ne cadre plus avec la morale et les mœurs modernes.

D. — Quelle est la troisième circonstance qui mit en présence Moïse et ses enfants ?

R. — Moïse, qui avait abandonné sa famille pour aller en Egypte, lorsqu'il revint au Mont Sinaï après le passage de la Mer Rouge, vit arriver dans son camp Jethro lui amenant ses deux fils Guersham et Eliézer. La Bible parle bien des honneurs que Moïse rendit à son beau-père, mais nullement des sentiments d'amour paternel qu'il montra à l'égard de ses enfants ; le silence se fait sur eux pendant les longues années du désert. Avant sa mort sur le Mont Nébo, ce ne fut pas un de ses fils que Moïse appela pour lui succéder, ce fut Josué, son inséparable et rude compagnon pendant les quarante années du désert, qu'il désigna comme chef.

*
* *

D. — Moïse fut-il un halluciné analogue à ceux des asiles d'aliénés qui croient entendre Dieu leur parler, ou bien fut-il un habile mystificateur, élevé dans les temples égyptiens dans l'art de tromper les foules, en leur faisant croire à des conversations avec la Divinité ?

R. — Les récits de la Bible, tels qu'ils nous sont racontés, nous font supposer vraie la dernière hypothèse : ce qui le prouve ce sont les divers entretiens célestes, avec leurs hallucinations qui ne concordent pas avec les formes vraies d'aliénation. Berger chez Jehtro, un ange lui apparut dans une flamme de feu au milieu d'un buisson qui brûlait sans se consumer. Cet ange c'était Dieu qui lui fit un long discours pour lui indiquer la manière de faire sortir les Israélites de l'Egypte, et qui dans ce but lui apprit divers tours destinés à émerveiller et convaincre de sa mission les Israélites. Une baguette que l'Eternel lui donna se changeait en serpent lorsqu'on la jetait à terre et redevenait bâton lorsqu'on la reprenait. Un autre prodige consistait à mettre la main dans son sein pour qu'elle fût couverte de lèpre, mais ladite lèpre était guérie sitôt la main remise dans le sein. Dans un dernier prodige il suffisait de prendre de l'eau claire et de la répandre sur le sol pour qu'aussitôt elle parût rougie de sang. Les hallucinés peuvent voir de tels phénomènes non réels, mais ne peuvent les accomplir.

D. — Moïse, inspiré de Dieu, n'enseigne-t-il pas le vol aux Hébreux, vol qu'il devait dans son Décalogue stigmatiser comme un crime ?

R. — Au point de vue hébraïque, qui fait de Jéhova un Dieu purement local, ce Dieu, qui n'a rien de commun avec les peuples voisins, a fait dévier la morale israélite en ce qui concerne le vol. Prendre le bien d'un Juif est un crime pour lui ; prendre le bien d'un étranger est une action non répréhensible. Moïse avait l'âme de son temps, âme pas assez haute pour comprendre qu'un Dieu, quand on l'admet, doit être le Dieu de toute la terre, et non pas celui d'un petit peuple de la Judée, et que voler est un crime, toujours et partout, quelle que soit la nation du volé. Voici ce verset mauvais dans lequel Jéhova ordonne aux Hébreux de voler les Égyptiens, verset qui doit être flétri par les Juifs eux-mêmes, autant que par les Chrétiens : « Lorsque vous quitterez « l'Égypte ne partez pas à vide, mais chaque femme demandera à « sa voisine et à l'hôtesse de sa maison des objets d'argent et d'or « et des vêtements précieux; vous les mettrez sur vos fils et vos « filles et vous dépouillerez ainsi les Égyptiens ».

Il n'y a pas deux manières de lire et de comprendre : Moïse ordonne le vol à son peuple.

* *

D. — Que fit Moïse, en arrivant en Egypte ?

R. — Il était accompagné de son frère Aaron qui avait le don de la parole, don qui lui avait été refusé à lui-même : pour pousser les Hébreux à quitter l'Egypte, Aaron se servait de son éloquence capable d'entraîner le peuple, et lui, Moïse, l'incirconcis des lèvres, agissait sur leur esprit par ses tours d'escamotage de la verge changée en serpent, de l'eau rougie de sang et de la main couverte de lèpre. Ces faux miracles, comme ceux d'aujourd'hui, firent merveille aux yeux du peuple qui eut foi dans les deux envoyés de Jéhova et mit son sort entre leurs mains. Alors Moïse alla trouver le Pharaon et lui demanda l'autorisation pour lui et son peuple de quitter l'Egypte ; mais le Roi refusa et accabla au contraire les Hébreux de corvées et de mauvais traitements. Moïse fit bien devant le souverain ses trois tours merveilleux, mais le Pharaon avait à sa cour des magiciens habiles qui les exécutèrent aussi bien que lui ; Moïse nous affirme il est vrai que sa verge engloutit celle des autres, mais nous avons peine à le croire, et en tous cas Pharaon ne fut pas converti.

D. — Que furent les sept plaies d'Egypte racontées par Moïse ?

R. — Des fléaux naturels, tels les sauterelles, invasions fréquentes dans les pays chauds ; d'autres phénomènes plutôt bizarres et prêtant à rire, comme l'invasion des grenouilles et celle des poux. Le fléau des ulcères propagé par Jéhova, d'après la description, paraît être une contagion de syphilis. La grêle et les brouillards épais ne sont pas rares sur les bords du Nil. Dans une dixième plaie, Moïse ne craint pas de faire de Jéhova un méchant Dieu, car il fait périr tous les premiers-nés depuis le fils de Pharaon jusqu'à ceux des animaux. Pourquoi seulement les premiers-nés et pas les autres ? Pourquoi frapper les enfants des Egyptiens et non pas seulement les enfants du Pharaon, seul révolté contre Moïse et contre son Dieu ?

D. — Quelle fête célèbre institua Moïse avant l'exode du peuple hébreu hors de l'Egypte ?

R. — Il institua la Pâque dont nous avons déjà longuement parlé, pendant laquelle on mangeait l'agneau et du pain sans levain. L'ordonnance de Moïse à ce sujet est féroce, car il retranchait d'Israël toute personne qui mangeait du pain levé, dont les circoncis seuls pouvaient se servir.

Par quelle aberration d'esprit Moïse a-t-il pu croire et faire croire que le pain sans levain est agréable à Dieu pendant sept jours de l'année et lui est désagréable le reste du temps? Plus tard, n'est-ce pas la même aberration d'esprit qui fit instituer par l'Eglise chrétienne le maigre du vendredi, samedi, carême et quatre temps, cette Eglise estimant que ces jours-là, les œufs, les omelettes et les poissons comblent de satisfaction la Sainte Trinité?

*
* *

D. — Moïse ne met-il pas au compte de Jéhova le crime épouvantable commis pendant la Pâque?

R. — Pendant la nuit, les Israélites ayant marqué leurs portes de taches de sang, comme si Jéhova ne pouvait reconnaître, sans indication, les maisons habitées par eux, celui-ci passa à travers le pays d'Egypte et massacra tous les enfants mâles, depuis le fils du Pharaon jusqu'au fils de la servante et jusqu'aux petits des bêtes. Remarquons qu'ainsi l'Eternel renouvelait à huit jours d'intervalle la dixième plaie d'Egypte sans crainte de se répéter : en sorte que ce ne furent pas les aînés mais les cadets qui furent tués; à moins que Moïse n'ait perdu le souvenir de ce qu'il avait écrit dans le chapitre précédent. De plus, il faut admirer la prestesse d'exécution du Dieu d'Israël, qui, en douze heures, trouva le temps de couper tant de têtes, dans tant de villes et dans tant de bourgades, fort distantes les unes des autres.

D. — Comment doit-on juger Jéhova qui trouva plaisir à massacrer dans une seule nuit des millions d'êtres?

R. — Comme le plus abominable des Dieux.

D. — Quelle est l'explication psychologique de cette immense boucherie d'enfants?

R. — Voulant alimenter et enrichir la tribu de Lévi où il allait prendre les prêtres du nouveau culte, Moïse prouva ainsi aux Hébreux l'immense dette de reconnaissance due à Jéhova qui avait épargné leurs enfants dans ce moment terrible d'extermination. Aussi leur demanda-t-il de payer cette dette par force sacrifices sur son autel. « Quand tu auras occupé la terre de Chanaan que « j'ai juré de te donner jusqu'à la consommation des siècles, tu « offriras à l'Eternel en sacrifice tous les premiers mâles de tes « bêtes; tu rachèteras ainsi avec un animal tes premiers-nés que « j'ai épargnés, lorsque je mettais à mort les enfants des Egyptiens. « Consacre-moi tout premier-né, car tout ce qui naît le premier, « enfant ou bête, est à moi ». C'est ainsi que Moïse créa les sacrifices, agréables, disait-il, à Jéhova, mais de première nécessité pour les nombreux prêtres, qui trouvaient là leur alimentation quotidienne.

D. — Comment s'effectua, après la sortie d'Egypte, le passage de la Mer Rouge ?

R. — Au lieu de se diriger du côté de la Palestine, dans le riche pays de Chanaan promis par Dieu depuis des siècles à Abraham, Isaac et Jacob, Moïse, on ne sait pourquoi, conduisit son peuple dans le désert de l'Arabie, comme s'il voulait faire périr de misère et d'inanition une partie de l'immense population qui le suivait. La défaite des Hycsos, nous l'avons dit, explique seule le choix de cette route le long de la mer. Or, s'il y a un fond de vérité dans le récit de Moïse, la Mer Rouge ayant un flux et un reflux, il se pourrait que les Israélites aient passé sur le rivage à sec pendant les six heures de marée basse et que les Egyptiens, arrivant derrière eux, aient été surpris par la marée haute, de telle sorte qu'il n'y aurait rien de miraculeux dans ce passage fameux ; mais nous l'avons dit, rien n'est historique dans ces récits, comme le prouve le cantique d'actions de grâce que chantèrent Moïse et les Hébreux ; bien que Marie la prophétesse, sœur d'Aaron, ait pris dans la main le tambourin, et que toutes les femmes d'Israël l'aient imitée en chantant : « l'Eternel s'est levé et a jeté dans la mer le cheval et son cavalier », il se trouve, comme nous l'expliquons plus loin, que le dit cantique fut composé par un auteur très postérieur à Moïse, car il parle de victoires remportées par le roi David qui ne vivait pas précisément du temps de l'exode.

D. — Quelle fut la révélation du mont Sinaï ?

R. — Trois mois après la sortie d'Egypte, les Israélites établirent leur camp au pied de cette montagne. Moïse, voulant donner des lois morales aux Hébreux, comprit qu'avec des êtres doués d'une faible intelligence, ces lois ne pouvaient être acceptées que si le peuple était persuadé qu'elles venaient de Dieu ; alors il organisa une grandiose comédie pour faire croire à la réalité de sa Révélation. « Moïse monta sur le Sinaï et, à son retour, déclara au peuple « que l'Eternel lui avait parlé : « Il vous a choisi d'entre toutes « les nations comme son plus précieux joyau et c'est dans votre « seul royaume qu'il se réjouira des sacrifices ; mais cela à con- « dition que le peuple accepte ses commandements ». Et tout le peuple unanimement répondit : « Nous ferons tout ce que « l'Eternel dira ».

Le troisième jour au matin il y eut des tonnerres, des éclairs, une épaisse nuée sur la montagne et un son de trompette très fort dont tout le peuple qui était au camp trembla. Alors Moïse fit sanctifier ses compagnons, laver leurs vêtements, puis il les conduisit au pied du mont. Or comme le Sinaï était couvert d'une fumée comme celle d'une fournaise, parce que l'Eternel y était descendu dans le feu, et comme le son de la trompette allait se renforçant de plus en plus, l'Eternel appela Moïse au sommet de la montagne et Moïse y monta, et Dieu lui donna ses commandements à haute voix ; mais en redescendant, Moïse trouva le peuple qui tremblait et qui lui dit : « Parle-nous toi-même et nous t'écouterons ; mais que Dieu ne parle pas avec nous de peur que nous ne mourrions ». Alors le peuple se tint loin et Moïse rentra dans la sombre nuée et dans la fumée de la montagne et conversa avec Dieu qui lui donna ses lois ; lorsque Moïse redescendit et répéta au peuple les commandements de Jéhova, le peuple crut que les paroles venaient de Dieu, comme si, en leur présence, le Décalogue fût sorti de la bouche de l'Eternel.

D. — La révélation de Moïse sur le Mont Sinaï serait-elle encore possible de nos jours ?

R. — Nous répondrons à cette question par les vers d'un poète :

> Le poète, arrivé sur la montagne haute,
> Chercha sur les sommets l'être puissant et bon ;
> Mais du vieux Sinaï, Jéhova n'est plus l'hôte.
> L'éclair ne brille plus zigzaguant l'horizon ;
> Nul tonnerre éclatant de monts en monts ne roule,
> Annonçant un prophète à l'impatiente foule.
> Debout sur le rocher, le poète attendit
> L'Eternel : vainement. La nuit vint, aucun bruit.
> Alors dans les ténèbres, à grand cris sa voix clame :
> « Dieu bon, le mal sur terre aujourd'hui te réclame.
> « Je viens chercher pour l'homme une loi de bonté,
> « Pour calmer sa douleur ta loi de charité ».
> Mais rien ne répondit à la voix du poète :
> Le ciel était sans Dieu et le mont sans prophète.

*
* *

D. — De quoi se composent les dix commandements de Moïse, ou Décalogue, que Moïse rapporta du Sinaï ?

R. — De dix lois concernant les devoirs de l'homme envers Dieu, envers lui-même et envers le prochain, lois que nous étudierons dans la 5me partie de ce livre.

D. — Dans le Décalogue, quelle est la phrase qui révolte la conscience moderne, et qui, si un Dieu existait, démontrerait à elle seule qu'il n'a jamais parlé à Moïse ?

R. — « Je suis le seigneur *qui punit l'iniquité des pères sur les fils* jusqu'à la quatrième génération ». Ailleurs, se rencontre une seconde abomination : en parlant de l'esclavage, Dieu dit à Moïse : « Si tu achètes un esclave hébreu, il servira six années puis sera libre ; si son maître lui donne une femme et qu'elle lui donne des enfants, il sortira seul son temps fini *et sa femme et ses enfants resteront au maître* ». Dans un autre verset, troisième abomination : Jéhova admet qu'un *père vende sa fille* comme esclave. Ailleurs enfin, quatrième abomination : Dieu permet au maître de frapper l'esclave tant qu'il voudra : « Si celui-ci meurt sous les coups, le patron sera puni ; mais s'il survit un jour ou deux, il ne le sera pas : *c'est son argent* ». Ces quatre monstruosités suffisent à elles seules à prouver que la Révélation de Moïse fut une fausse Révélation, car il est impossible d'admettre qu'un Dieu édicte de semblables commandements.

* *

D. — Que devinrent Moïse et le peuple hébreu après le Sinaï ?

R. — Moïse, après avoir placé les tables de la Loi dans l'Arche d'alliance, « monta sur le Sinaï accompagné d'Aaron et des anciens d'Israël et ils virent Jéhova ayant sous ses pieds un ouvrage de saphir transparent et ils mangèrent et ils burent ».

Le récit semble dire que Jéhova se mit à table avec eux ; il ne faut pas s'en étonner outre mesure, car dans ces temps éloignés Dieu se gênait moins qu'aujourd'hui pour entrer en relations familières avec les humains. Ainsi, après souper, l'Eternel dit à Moïse de monter avec lui sur la montagne ; cachés tous les deux dans une nuée, ils escaladèrent le sommet où Moïse fut hébergé quarante jours et quarante nuits.

* *

Puis les Hébreux, toujours conduits par le prophète, errèrent pendant de longues années dans le désert, cherchant à conquérir un pays cultivable, sans jamais y parvenir. Jéhova ne semble pas les avoir accompagnés pendant ces quarante années et s'être beaucoup préoccupé d'eux, car la pauvre caravane souffrit sans relâche les pires misères, vivant de manne, espèce de poussière végétale semblable à la semence blanche du coriandre et ayant le goût de beignets au miel ; quelquefois des nuées de sauterelles ou de cailles de passage venaient un peu améliorer le menu. Souvent on se trouvait aux prises avec d'autres tribus nomades, les Amalécites surtout, sans cesse en face des Israélites ; parfois même vainqueurs d'eux et de Jéhova, lequel, malgré ses promesses ne prête à son peuple qu'un secours aléatoire. Enfin Moïse, aux derniers jours de sa vie, parvint sur le mont Nébo, d'où il put voir se dérouler au delà du Jourdain les plaines fertiles de la Judée, mais sans pouvoir y pénétrer avant de mourir.

D. — Quelle curiosité offre à l'exégète le dernier chapitre du Pentateuque ?

R. — Le fait amusant que c'est Moïse lui-même qui raconte les derniers moments de sa vie, sa mort, ses funérailles, et même l'oraison funèbre prononcée sur sa tombe.

D. — Dans le Lévitique ne trouvons-nous pas des erreurs commises par Moïse et le Saint-Esprit, erreurs telles qu'elles les feraient refuser tous les deux aux examens de grammaire ?

R. — Au chapitre xi du Lévitique, en classant les animaux en purs et impurs, Moïse déclare que les animaux purs qu'il est permis de manger sont ceux qui ont l'ongle du pied divisé et qui ruminent ; sauf pourtant le chameau, car s'il rumine, nous dit l'Eternel, il n'a pas l'ongle divisé. Première erreur de l'Eternel, car le sabot du chameau est divisé, comme chacun peut s'en assurer. Deuxième et troisième erreurs : au verset v du même chapitre, il est dit : « Vous ne mangerez pas du lapin ; il est impur, car il « rumine et n'a point l'ongle divisé ». Le lapin ruminant ! Cette trouvaille inspirée du Saint-Esprit ! Proclamée par Moïse ! Ce lapin ruminant aurait dû être sculpté par le grand Michel-Ange, aux pieds du marbre de Saint-Pierre aux liens, pour rappeler quel grand savant était Moïse. Constatant le terrible appétit du lapin, Moïse a cru sans doute que cet animal avait quatre estomacs ? Sans quitter la lapinière ni le chapitre xi, remarquons que Moïse a fait du petit lapin un animal à sabot, un solipède, en prétendant qu'il n'a pas l'ongle divisé ? Le lapin n'a-t-il donc pas quatre griffes aux pattes ? Renvoyons Moïse, le Saint-Esprit et l'Eternel à l'école, ils ont besoin encore de leçons d'histoire naturelle. Je parle du lapin et j'oublie le lièvre, qui lui aussi est souillé parce qu'il est ruminant et solipède : n'insistons pas, ce serait de notre part trop cruel de tant accabler l'inspiré de Dieu en défaut.

Le Code d'Hammourabi

* *
*

D. — Les Assyriens et les Babyloniens ont-ils eu des religions
très différentes ?

R. — En Assyrie, la divinité nationale fut Ashur, le Dieu-Aigle,
qui donna son nom à son peuple ; mais lorsque après la chute de
Ninive le royaume se fondit dans celui de Babylone, les Dieux
assyriens disparurent, ou se mêlèrent aux divinités victorieuses ;
en sorte que, finalement, la mythologie, la cosmogonie et le culte
babyloniens restèrent seuls debouts.

D. — Sans rechercher dans les temps antérieurs tous les faits
relatifs aux Religions des bords du Tigre et de l'Euphrate, pro-
venant soit des documents cunéiformes, soit des récits du grand-
prêtre babylonien Bérose, qui écrivait trois siècles avant l'ère
chrétienne, ne peut-on préciser ce qu'était la Religion babylonienne au temps d'Hammourabi, le roi très puissant qui vivait
2100 ans avant notre ère, et régnait sur tous les peuples désor-
mais réunis dans un puissant royaume ?

R. — A la tête du Panthéon des Dieux se trouvait Marduk,
le Jupiter, ou plutôt le Jéhovah babylonien. C'est de lui qu'Hammourabi, voulant pour son peuple une morale appuyée sur la
divinité, prétendit tenir un code de lois contenant 282 articles,
lois qu'il fit graver sur des monolithes énormes. L'un deux a été
retrouvé à Suze en 1910 et apporté au musée du Louvre, où il se
trouve placé au milieu de la Salle assyrienne.

D. — Avant de décrire ce monument et d'en faire valoir
l'importance, à cause de ses analogies avec les Commandements
de Moïse et même avec le Coran, n'est-il pas utile de dire quelques
mots des autres Dieux babyloniens ?

R. — Au-dessous de Marduk, Dieu suprême, nous trouvons
des triades de Dieux analogues aux Trinités chrétienne et

bouddhique, avec cette différence que chaque Dieu qui préside au Ciel a une épouse qui préside à la Terre et c'est de cette union que va naître tout ce qui existe. L'animisme primitif, à côté des grands Dieux précédents, fit une divinité du soleil sous le nom de Shamash; de la Lune sous celui de Siu, et de la planète Vénus sous celui d'Ishtar; la terre fut Bel, le feu Gibel et la mer Ea. Encore, au-dessous d'eux, il y eut les demi-Dieux terrestres que l'on fit monter au Ciel; des Dieux totèmes venant du règne animal : tels le lion Nergal, le taureau Ninib, les poissons Ea et Oannès, la colombe Ishtar portant le même nom que l'étoile du matin, et peut-être confondue avec elle, comme le Saint-Esprit chez les Chrétiens qui est tantôt colombe du baptême, tantôt rayon de feu de la Pentecôte.

* *

D. — Quelle était la cosmogonie de la Religion des Babyloniens?

R. — La création du Monde est expliquée de la façon suivante : au commencement, c'est le Chaos avec la mer sans limites, représentée par le dragon Triamat. De ce Chaos sortirent un jour les premiers Dieux, Marduk en tête. Aussitôt la bataille commença entre lui et Triamat, qui finalement fut vaincu et vit poser devant lui les rivages infranchissables à ses flots. Marduk s'occupa alors de créer les hommes, les animaux, les plantes et tout ce qui vit dans la nature.

* *

D. — Les hommes ne deviennent-ils pas méchants et les Dieux ne se décident-ils pas à les détruire par un déluge en conservant cependant Umnapishtim et sa famille?

R. — Nous avons comparé déjà ce déluge avec celui de la Bible, nous n'avons donc pas à y revenir : néanmoins faisons remarquer que le déluge babylonien précéda de cinq cents ans la naissance de Moïse et qu'il fut conséquemment le modèle de celui de Noé.

* *

D. — Cet Umnapishtim ne se rencontre-t-il pas dans une autre légende gravée sur une stèle, où l'on parle également de l'arbre de vie et de mort, légende que les écrivains de la Bible transportèrent plus tard dans le Paradis terrestre?

R. — Voici cette légende : Ishtar, la céleste déesse, assiégée dans sa ville d'Uruck par les Elamites, appelle à son secours

Gilgamesh, l'Hercule assyrien, vêtu comme l'autre de la peau d'un lion et accompagné d'Eabani, un être couvert de poils comme Esaü. Gilgamesh, après sa victoire, est nommé roi, mais refuse d'épouser Ishtar parce qu'elle tue ses amants ; celle-ci, furieuse, le couvre de lèpre et fait mourir Eabani son compagnon. Alors Gilgamesh part pour l'île des Bienheureux demander un remède au vieux Umnapishtim, qui le guérit au moyen d'une drogue magique et qui lui raconte l'histoire du déluge. Il fait plus : il lui montre, planté au milieu du jardin, l'arbre de vie et de mort qui peut le rendre immortel et redonner la vie à son ami Eabani. Mais à son retour, un lion se précipite sur lui et lui arrache des mains la branche de l'arbre qu'il avait cueillie.

D. — Cet arbre de vie ne se rencontre-t-il pas dans d'autres légendes babyloniennes ?

R. — On le retrouve dans le monde de la Mort, qui est un lieu d'où l'on ne peut sortir, placé quelque part dans les ténèbres du Nord. Pour être rendu à la lumière il faut trouver l'arbre de vie, qui est si bien caché que rares sont ceux qui, comme Umnapishtim et sa femme, ont pu, grâce à lui, sortir de ce monde de la mort et arriver à l'île des Bienheureux.

D. — Ne peut-on tirer une conclusion de ce récit légendaire ?

R. — On doit remarquer combien souvent ont puisé dans les fonds assyrien et babylonien les écrivains bibliques ; parfois sans utilité, pour le seul plaisir de copier un fait extraordinaire, comme cet arbre de vie et de mort, parfaitement inutile au Paradis terrestre, où il ne servit jamais à rien.

*
* *

D. — La légende de Moïse exposé sur le Nil ne se trouve-t-elle pas également dans les contes assyriens ?

R. — C'est Sargon 1er qui est, 3.800 ans avant notre ère, le Moïse babylonien, l'Euphrate remplaçant le Nil, et Ishtar, la fille de Pharaon. Fils d'un père inconnu, Sargon est exposé par sa mère sur les eaux du fleuve, dans un panier de roseaux enduit de bitume. Akki, l'ouvrier tireur d'eau, le porte à Ishtar qui l'élève, puis en devient amoureuse et le fait monter sur le trône. Sargon battit successivement les petits rois de la Chaldée et réunit au sien leurs Etats. Quant à ses autres exploits en Syrie, en Egypte et à Chypre, ils sont sans doute légendaires.

*
* *

D. — Ne trouve-t-on pas dans le calendrier babylonien l'origine du Sabbat juif ?

R. — On y rencontre, en effet, six jours fastes et un néfaste ; les six premiers ouvrables, le septième non ouvrable. Du reste, le mot même, Sabbathim, est passé dans la langue hébraïque, devenant le Sabbat biblique. En sorte que les Juifs modernes, grâce à l'histoire, pourraient se débarrasser de l'ennui d'un jour de repos particulier à leur culte, s'ils voulaient reconnaître que leur Sabbat n'a pas été imposé par Jéhova, mais importé par des captifs juifs de Babylone à Jérusalem.

* *

D. — Ne rencontre-t-on pas en Assyrie et en Babylonie les mêmes incantations et les mêmes exorcismes que nous retrouvons dans le Pentateuque, pour guérir les maladies et se délivrer des démons ?

R. — Ce sont des formules presque identiques dans les trois cultes pour chasser du corps humain les diables qui s'y introduisent.

D. — Ne devons-nous pas noter aussi l'origine babylonienne probable des psaumes attribués à David, psaumes copiés par les Juifs lors de la Captivité et insérés dans le Canon de la Bible, lors de sa refonte par Esdras ?

R. — On a retrouvé, en effet, dans des fouilles récentes, de nombreuses stèles sur lesquelles sont gravés en caractères cunéiformes des hymnes dont certains ressemblent à ceux de David, aux versets du livre de Job, et aux psaumes de la Pénitence : un affligé, un malade ou un pauvre homme s'adressent par exemple à l'Eternel par l'entremise d'un demi-Dieu à qui ils confessent leurs péchés et demandent protection et faveurs. Les Juifs monothéistes supprimèrent le Dieu intermédiaire, mais sauf ce petit changement, les hymnes juifs dérivent des hymnes babyloniens ; on y remarque que Marduk, comme Jéhovah, est irrité non seulement parce qu'on néglige de lui offrir des sacrifices, mais aussi parce qu'on est méchant à l'égard du prochain. Sous ce rapport, ces hymnes ont donc une certaineportée morale.

* *

D. — Le Code des lois d'Hammourabi, découvert à Suze par M. de Morgan et déchiffré par M. Scheil, gravé sur un bloc énorme de diorite ayant 2 m 25 de hauteur et 2 mètres de pourtour à la base, n'est-il pas inspiré et dicté par le Dieu Marduk au roi de Babylone, comme le Pentateuque le fut par Jéhovah à Moïse ?

R. — En effet, dans le prologue, il est dit que El et Bel, les grands Dieux, appelèrent Hammourabi par son nom pour amener le bien des hommes, pour faire valoir le droit dans le pays, pour exterminer le pervers et le méchant, pour empêcher le puissant de nuire au faible et pour éclairer le pays, comme le soleil éclaire la terre.

D. — Que fit alors Hammourabi ?

R. — Pour appuyer sa morale sur le divin, il prétendit que Marduk lui ordonnait de gouverner les hommes et d'enseigner le droit au pays ; en sorte que ce prophète, le premier en date, donna l'exemple aux autres prophètes qui vinrent après lui fonder des Codes de morale en les basant sur l'inspiration divine, persuadés tous que les hommes s'inclineraient sans les discuter devant des lois dictées par Dieu.

D. — Quel jugement devons-nous porter sur le Code d'Hammourabi ?

R. — On est étonné de la grande perfection de ce recueil de lois qui ont servi de modèles aux lois de Moïse et des Hébreux et leur sont même, dans beaucoup de parties, supérieures. Si quelques préceptes sont injustes et extraordinaires, cela tient à un moindre degré de civilisation, mais le plus grand nombre donne une haute idée de la moralité des peuples assyrien et babylonien.

D. — Comme preuve de l'assertion précédente, quels sont les articles 3, 4 et 5 contre les faux témoignages ?

R. — Si, dans un procès criminel où la vie d'un être humain est en jeu, un homme s'est levé pour faire un faux témoignage, cet homme est passible de mort. Si son faux témoignage porte sur une matière de blé ou d'argent, il portera la peine de ce procès. Si un juge, après avoir rendu un jugement, formule une autre décision annulant sa première sentence, on le fera comparaître devant un tribunal, et il sera condamné à payer douze fois la somme en litige, puis sera expulsé à jamais de son siège de justice.

D. — Citez des articles contre le vol ?

R. — Le receleur, même sans témoins ni contrats, d'or ou d'argent, d'esclave mâle ou femelle, de bœuf ou de mouton, est assimilable au voleur et passible de mort (art. 7).

Le voleur du trésor du temple ou du palais est passible de mort, ainsi que le receleur (art. 6).

Le voleur d'un bœuf, mouton, âne, porc ou d'une barque appartenant au Dieu ou au Roi rendra au trentuple ; au décuple, si le volé est un simple citoyen. Si le voleur n'a pas de quoi rendre il est passible de mort (art. 8).

Si un objet volé est retrouvé chez un receleur de bonne foi et que des témoins déclarent devant Dieu qu'ils reconnaissent l'objet volé, tandis que d'autres déclarent l'avoir vu acheter par le receleur à un vendeur qu'ils reconnaissent, celui-ci sera puni comme voleur et passible de mort. Le propriétaire reprendra l'objet perdu et l'acheteur recouvrera l'argent déboursé sur la maison du vendeur (art. 9).

Mais si le receleur n'a pas amené ni le prétendu voleur, ni des témoins, il est assimilable au voleur et passible de mort (art. 10).

Si c'est le propriétaire prétendu qui est de mauvaise foi et n'a pas de témoins, pour avoir suscité la callomnie il est passible de mort (art. 10).

Si un homme s'est emparé par vol du fils en bas âge d'un autre homme, il est passible de mort (art. 14).

Si un homme a volé un esclave mâle ou femelle, soit au roi soit à un mouchkinou, il est passible de mort (art. 16).

Si un homme a recélé un esclave dans sa maison et si, sur la la voix du majordome, il ne le fait pas sortir, il est passible de mort (art. 16).

Si cet homme s'est emparé d'un esclave en fuite et l'a rendu à son maître, il recevra deux sicles d'argent (art. 17).

Si cet homme ne rend pas l'esclave échappé à son maître et le conserve chez lui, il est passible de mort si un jour il est surpris (art. 19).

Si un homme a perforé le mur d'une maison, on le tuera et on l'enterrera devant cette brèche (art. 21).

Si un homme exerçant le brigandage a été pris, il est passible de mort (art. 22).

Si un homme a été dépouillé par un brigand qui n'a pas été pris, la ville et le cheikh du territoire où a été commis le crime lui restitueront tout ce qu'il a perdu. S'il s'agit de personnes, ils payeront une mine d'argent pour ces gens (art. 23).

Si dans un incendie quelqu'un occupé à l'éteindre dérobe le bien de la maison, il sera jeté dans le même feu (art. 25).

D. — Quelles réflexions font naître ces articles sur le vol ?

R. — Sauf en ce qui concerne les esclaves qui, aujourd'hui, sont regardés comme des êtres humains et mis en liberté, le Code de morale assyrien punissait d'une façon équitable, bien que sévère, toutes les formes du vol. Or, si on compare ce texte avec les versets du Lévitique, on verra que Moïse n'a rien inventé.

D. — N'existe-t-il pas des articles concernant les honoraires des médecins et les peines qu'ils encourent dans certains cas, qui devaient rendre d'une prudence extrême les praticiens babyloniens ?

R. — L'article 215 et les suivants disent que si un médecin a traité un homme d'une plaie grave ou d'une taie à l'œil il recevra dix sicles d'argent. S'il s'agit d'un mouchkinou, il recevra cinq sicles d'argent ; s'il s'agit d'un esclave deux sicles seulement. Mais si, en le traitant, le médecin a fait mourir l'homme ou lui a crevé l'œil, il aura les mains coupées ; si c'est un esclave, en cas de mort il rendra esclave pour esclave, en cas d'œil crevé il payera en argent la moitié de son prix.

Si le médecin a guéri un membre brisé ou une viscère malade il recevra cinq sicles d'argent. S'il s'agit du fils d'un mouchkinou, trois sicles ; pour un esclave, deux sicles.

Au vétérinaire qui aura guéri d'une maladie ou d'une plaie un bœuf ou un âne, on donnera un sixième de sicle d'argent ; mais le vétérinaire qui aura causé la mort d'un bœuf ou d'un âne payera le quart du prix de la bête.

Si un chirugien a imprimé une marque d'esclave indélébile à l'insu du maître de l'esclave, il aura les mains coupées. Si le chirurgien, en imprimant la marque, a été trompé par un individu déclarant que l'esclave était sien, le chirurgien sera acquitté, mais le faux propriétaire sera mis à mort et enterré dans sa maison.

D. — Certains articles du Code d'Hammourabi ne montrent-ils pas combien les enfants comptaient peu dans ces siècles lointains et combien les législateurs étaient injustes à leur égard ?

R. — Nous trouvons, en effet, certains articles féroces contre eux et d'autres injustes par l'inégalité des peines appliquées ; ainsi l'article 210 porte que si un homme ayant frappé la fille enceinte d'un homme libre a été cause de sa mort, on tuera la fille de l'agresseur ; mais si c'est la fille d'un ouvrier qu'il a tué, il payera cinq sicles d'argent seulement, et si c'est une esclave, deux sicles.

De même (art. 230), si un enfant est tué dans l'écroulement d'une maison mal construite, on tuera l'enfant de l'architecte ; si c'est un esclave qui a péri, l'architecte en sera quitte pour rendre au propriétaire un esclave de même valeur.

D. — D'autres articles aussi féroces que les précédents ne

sont-ils pas, avec plus de justice pourtant, applicables aux mauvaises femmes ?

R. — Si la femme d'un homme a été prise au lit avec un autre mâle, dit l'article 129, on les liera et on les jettera dans l'eau, à moins que le mari ne laisse vivre sa femme et que le roi ne laisse vivre son serviteur.

Si une femme n'est pas ménagère, mais coureuse, dilapidant la maison et négligeant son mari, l'article 143 commande de jeter cette femme dans l'Euphrate, le fleuve qui traverse Babylone.

D. — Les textes d'Hammourabi concernant les rapports des maris et des femmes ne sont-ils pas remarquables à plus d'un titre, même de nos jours ?

R. — En voici quelques-uns : Un mari ne pourra incriminer sa femme d'infidélité s'il ne l'a pas surprise en flagrant délit et si celle-ci fait serment d'être fidèle. Si pendant la captivité du mari, sa femme ayant de quoi manger à la maison, quitte le foyer conjugal pour entrer dans la maison d'un autre homme, on la fera comparaître devant le tribunal, et on la jettera à l'eau (art. 133).

Mais s'il n'y a pas de quoi manger dans la maison, cette femme est sans faute (art. 134).

Si cette femme a enfanté des enfants dans l'autre maison, lorsque son mari reviendra de captivité, elle retournera chez lui ; mais les enfants resteront avec le père (art. 135).

Si un homme s'est enfui loin de la ville abandonnant sa femme, celle-ci aura le droit d'entrer dans une autre maison et d'y rester, même si son mari revient et la réclame (art. 135).

Si un homme répudie soit sa femme soit une concubine, toutes deux mères d'enfants qui lui appartiennent, il rendra la dot et leur donnera l'usufruit des champs, vergers et autres biens pour élever les enfants ; plus tard, on donnera à la femme une part d'enfant dans l'héritage et elle épousera le mari de son choix (art. 137).

Si un homme veut répudier son épouse qui ne lui a pas donné d'enfants, il lui donnera tout l'argent de son tirhatou, c'est-à-dire le don qu'il a fait au père de sa fiancée et lui restituera sa dot intégralement, avant de la répudier (art. 139).

Si l'homme répudie son épouse parce qu'elle est méchante, dépensière et qu'elle néglige son mari, on la fera comparaître et son mari pourra la répudier sans payer un prix de répudiation, ou bien la garder comme esclave (art. 141).

Si une femme sans faute a dédaigné son mari parce qu'il sort et la néglige, elle peut prendre sa dot et s'en aller dans la maison de son père (art. 142).

Un homme qui a une femme et, avec son autorisation, une esclave qui lui a donné des enfants, ne sera pas autorisé à prendre une concubine.

Un homme qui a une épouse sans enfants d'elle est autorisé à prendre une concubine ; si celle-ci lui procrée des enfants et veut rivaliser avec sa maîtresse, celle-ci lui fera une marque et en fera son esclave. Si elle n'a pas d'enfants, l'épouse peut la vendre (art. 146 et 147).

Si une épouse a contracté une maladie chronique, l'époux peut prendre une autre femme, mais loin de répudier la première, il la conservera et la sustentera.

Si un homme a donné par testament à son épouse champ, verger, maison, ses enfants ne lui contesteront pas ce don. La mère, en mourant, pourra le laisser à l'un de ses enfants, mais non à son frère (art. 150).

Si une femme en vue d'un autre mâle a fait tuer son mari, on mènera cette femme à la potence (art. 153).

Quand une femme ayant des enfants meurt, son père ne réclamera rien de la dot, qui revient aux enfants.

D. — Quelles réflexions doit-on faire au sujet du Code d'Hammourabi ?

R. — Non seulement qu'il a servi de fonds à Moïse, ou plutôt à Esdras, pour établir la morale hébraïque, mais encore plus tard à Mahomet qui a renfermé dans le Coran, comme on peut s'en rendre compte, un grand nombre de lois du Code Assyrien.

Bibliothécaire de la Ligue
le Droit humain
5 rue Jules Breton (13e)

Paris

Imprimé en France
FROC031426220620
24343FR00009B/107